FRANCIS MUSSEAU

LA

MALIBRAN

A VENISE

ACTE EN VERS

Prix : 1 Franc

PARIS

LÉON VANIER, LIBRAIRE-ÉDITEUR

19, QUAI SAINT-MICHEL, 19

1891

Yth.
24486

LA MALIBRAN

A VENISE

Yth.
24486

AUCH — TYPOGRAPHIE ET LITHOGRAPHIE J. CAPIN — AUCH

FRANCIS MUSSEAU

LA
MALIBRAN
A VENISE

ACTE EN VERS

Prix : 1 Franc

PARIS
LÉON VANIER, LIBRAIRE-ÉDITEUR
19, QUAI SAINT-MICHEL, 19

1891

BIBLIOTHÈQUE NATIONALE
R.F.

J'étais à Trouville, dans un des cafés du Casino. J'avais un journal entre les mains, « *La France*. » Mes yeux tombèrent sur cet article :

CURIEUSE GÉNÉROSITÉ

Nous trouvons dans le Ménestrel, *une anecdote qui fera réfléchir le monde des théâtres :*

« Lorsque la Malibran vint chanter au théâtre qui porte aujourd'hui son nom, l'impresario *Giovanni Gallo lui dit : « après la représentation, je vous compterai 3,000 lires.» Il se présente en effet le lendemain à l'hôtel qu'habitait l'admirable artiste et lui dit : « Voici la somme convenue». «Quelle somme ? quelle somme ? » s'écria aussitôt la Malibran, qui avait été émue de l'accueil que lui avait fait le public vénitien. «Gardez cet argent pour vos bambins. De vous je ne veux autre chose qu'un baiser». Et il paraît que l'impresario ne se le fit pas dire deux fois. Il garda son argent et embrassa de bon cœur la cantatrice.*

Ce désintéressement est rare. Nos artistes «fin de siècle» ne donneraient pas leur cachet pour un baiser.

Je relus l'article plusieurs fois avec une attention profonde.

La Malibran ! Musset l'avait chantée dans des stances divines, et je l'aimais à cause de ces stances.

Et l'anecdote allait bien avec les stances, le journal était bien d'accord avec Musset pour prêter à la grande artiste une âme généreuse.

Le lendemain, j'achetais « *La France* » et je découpais l'article que je renfermais précieusement dans mon portefeuille avec mes billets de banque.

Huit jours après, j'avais fait une petite comédie.

J'avais quitté Trouville depuis un mois lorsque j'appris la mort de Jeanne Samary, la grande soubrette de Molière. Elle était morte d'une maladie contractée précisément à Trouville.

Et je me mis à aimer ces pauvres vers que j'avais faits sur une comédienne, plus que tous les autres.

Je me mis à les aimer, malgré les humiliations que j'avais reçues déjà, à cause d'eux.

La femme d'un éditeur à qui je les avais portés, comme étant l'œuvre d'un ami, me les avait rendus, en me disant : « votre ami ne sait pas ce que c'est que les vers. » Cette femme le savait-elle elle-même ?

Elle eut l'aplomb de m'avouer que les cinq premiers vers lui avaient suffi !

Le lecteur ne sera pas si sévère. Je reconnais, d'ailleurs, que les vers du début ne valaient rien. Ils ont été changés depuis. Les vers actuels valent-ils mieux !

La biographie de Musset par son frère, m'avait donné de précieux détails sur le poète et la cantatrice. Je n'aurais pas voulu manquer une si belle occasion de faire parler mes personnages du grand mort qui

— chose triste pour la France — n'eut que 40 per-
sonnes à son enterrement.

VOICI CES DÉTAILS :

« *Une nouvelle désolante se répandit à Paris; les
journaux annonçaient la mort de Mme Malibran.
Alfred était un de ses admirateurs passionnés.......
...... Mais il ne fut jamais que son admirateur. Un
jour, j'entendis, dans un wagon de chemin de fer, des
inconnus parler entre eux de mon frère et exprimer
le regret que Mme Malibran n'eût pas été touchée de
l'amour qu'il avait pour elle, ce qui, disaient-ils,
aurait préservé ce jeune et charmant poète d'un autre
amour plus dangereux. Ces contes en l'air se débi-
taient tout haut, comme des choses de notoriété publique,
il y a pourtant une légère difficulté c'est que Alfred
de Musset a vu Mme Malibran ailleurs que sur la
scène une seule fois en sa vie, dans un salon où elle
chantait et qu'il ne lui a pas même parlé.* »

Je n'avais jamais eu que des idées vagues sur le
lieu de naissance de la Malibran. Était-elle française ?
Tant de cantatrices nous viennent d'Italie. Après la
lecture de l'anecdote, j'avais cru de la meilleure foi
du monde que la Malibran était vénitienne. Pourquoi
a-t-elle un théâtre à Venise qui porte son nom ?

Je reviens d'Italie, je suis allé dans ce théâtre. La
Malibran a son image au-dessus du grand arc de la
scène. Je n'ai rien demandé aux vénitiens, persuadé
qu'ils ne pouvaient rien m'apprendre.

J'ai retouché ma pièce, qui dormait depuis des mois dans un tiroir, et puis un doute terrible m'est venu; je me suis précipité dans un cabinet de lecture, j'ai ouvert de gros dictionnaires, j'ai vu avec un ennui profond que la Malibran était née à Paris. Pourquoi à Paris? Ne pouvait-elle pas naître à Venise? elle était fille de Garcia qui courait le monde. Venise « qui a l'air d'un rêve » était bien faite pour lui donner naissance.

J'eus beau me dire que la Malibran était morte jeune, en 1836; qu'on ne va guère avant 20 ans, au théâtre, entendre les cantatrices; que parmi les hommes d'aujourd'hui il n'y a guère que les octogénaires qui l'aient connue; j'eus beau me dire qu'un de ses biographes la fait mourir à Londres et l'autre à Bruxelles et qu'étant si peu d'accord sur la ville où elle est morte, ils pouvaient tous deux s'être trompés sur la ville où elle est née; j'eus beau me dire que la Malibran était une fée, une walkyrie, qu'elle appartient presque à la légende, tout cela fut insuffisant. J'avais toujours devant les yeux sa sœur, madame Viardot.

Pour la seconde fois je retouchai ma pièce.

J'insiste beaucoup et cela n'en vaut guère la peine; mais j'ai remarqué souvent que c'est la prose qui les explique, qui rend les vers intéressants.

Francis MUSSEAU.

LA MALIBRAN

A VENISE

LA SCÈNE EST A VENISE EN 1835.

Une chambre d'hôtel sur le grand canal. Deux gros bouquets de fleurs dans des vases sur la cheminée; d'autres disséminés un peu partout. Dans un fauteuil, au milieu de la chambre, la Malibran est assise regardant la fenêtre; elle semble brisée et l'annonce elle-même dès le premier vers d'un ton de fatigue profonde.

SCÈNE I

LA MALIBRAN

Ah ! je serai bientôt morte, mon art me brise !
Il me tue !

Un silence. Elle secoue lentement la tête.

Oui, je suis adorée à Venise !

*Elle ferme les yeux et semble profondément jouir
du souvenir qu'elle évoque.*

Quel triomphe hier soir et quel enivrement !

Un silence.

J'aurais voulu rester dans ce pays charmant
Une semaine ou deux ; ayant l'âme rêveuse,
Je t'aime aussi, Venise, ô la plus curieuse
Des villes... qu'habita le grand poète anglais.
C'est tout près sur le grand canal, dans un palais,
Que Byron s'amusait à composer ses drames !
Un homme qui vivait seulement pour les femmes
Et les vers !

Un silence.

            En sortant du théâtre on a froid.
Cette nuit j'avais froid ! — Oh ! comme c'est étroit
Ces ruelles ! les plus larges ont bien deux mètres !

Elle rit.

Ils doivent se serrer la main par les fenêtres !

Faisant la moue.

La nuit ce labyrinthe est par trop compliqué.

Frissonnant.

On pourrait là-dedans fort bien être attaqué.
Seule, moi, je craindrais quelque sotte aventure
Et forcé de rentrer à pied. Pas de voiture.
« Les gondoles, la nuit, sillonnent les canaux »
Ceux qui le disent sont de fiers originaux,

Ou bien, tout simplement, ils n'ont pas vu Venise.
Je l'avais déjà vue — A minuit ! qu'on me dise
Que tous les gondoliers ne sont pas dans leur lit.
C'est la lagune, alors, qui les ensevelit !
On est forcé, pourtant, de croire aux mascarades.
Pauvre ville déchue ! Est-ce que les arcades
De Saint-Marc ne sont pas désertes ! J'y passais
Hier. Comment peut-on remporter un succès
Pareil dans une ville où l'on ne voit personne !
Pas un visage humain ! mais la place foisonne
De pigeons par exemple; oh ! des pigeons partout !
Je les trouve gentils; je les aime beaucoup.
Et l'on peut leur donner à manger, c'est facile.
Un grand jeune homme blond, au pied du campanile,
Les avait rassemblés et leur donnait du pain.
(J'avais tort en disant : « pas un visage humain ! »)
Et les pigeons, avec leur gorge qui roucoule,
Autour de lui, faisaient une vivante houle.
Ils étaient si nombreux, occupés à manger
Que le jeune homme blond ne pouvait plus bouger,
Ou bien était foré de faire des victimes,
D'écraser des pigeons ! — de commettre des crimes !

Elle se lève et va à la fenêtre.

A Venise, je crois, qu'on n'est pas matinal.
Quoi ! rien que des palais aux bords du grand canal !
Dans ces palais, combien de chambres habitées !
Tous ces palais sont noirs, ont l'air de dents gâtées.

Bah ! qu'importe ! ils plairont toujours au connaisseur,
Car ils seront toujours beaux, malgré leur noirceur.
J'irai me promener tout-à-l'heure en gondole.

Elle se promène dans la chambre avec agitation.

Mais à peine arrivée, il faut que je m'envole,
Je suis comme l'oiseau sur la branche. Demain,
Je vais ailleurs, je pars, je reprends mon chemin.

Elle retourne à la fenêtre. Un pigeon passe sous ses yeux.

Tous ces pigeons charmants qui volent dans la ville
Ont pour phare éternel l'énorme campanile ;
Ils la connaissent bien, la flèche en marbre vert !
S'ils s'éloignent un jour pour voir une île en mer
Sur la place bientôt les voilà qui reviennent.
Saint-Marc est leur patrie et ces pigeons y tiennent.
Et moi, moi je ne suis qu'un oiseau voyageur.
Je n'ai pas de pays, mon art à tout mon cœur,
Mon pays est la ville où je suis applaudie.

Un silence.

Le public, dans cinq jours, m'attend en Lombardie ;
Je pars, je vais montrer ma voix aux Milanais !
Comme ils m'ont applaudie et comme je pleurais !
Ils m'ont donné des fleurs

Elle les regarde.
                                Ah ! j'en étais couverte.

*Elle prend sur la cheminée les deux bouquets
qu'elle contemple avec ravissement.*

Oh ! la belle couleur que cette couleur verte !
Et ce rouge, est-ce beau !

VOIX dehors

Vive la Malibran !

Les bouquets tombent. Très ému,
une main sur le cœur.

Qu'est-ce que j'entends là ! Dieu ! que c'est enivrant !

Elle court à la fenêtre qui reste fermée
pendant toute la pièce.

Ce sont des jeunes gens qui passent en gondole.

AUTRE VOIX dehors.

Vive la Malibran !

LA MALIBRAN, à la fenêtre, très émue.

Ah ! je suis leur idole !
Ils étaient hier soir au théâtre, ils ont su
Quel était mon hôtel.....

Elle se retire vivement.

L'un d'eux s'est aperçu
Que j'étais là ; chacun en l'air lève la tête
Ils vont crier encor, je le sens ; je suis prête

Elle ferme les yeux.

PLUSIEURS VOIX dehors.

Brava ! bravissima ! vive la Malibran !

LA MALIBRAN

Le nombre de bravos que je reçois par an
Est effrayant.

Elle jette un dernier coup d'œil à la fenêtre.

Allons, la gondole s'éloigne.
Pour être gondolier, il en faut, une poigne,
Car, enfin, ces gens-là remplacent les chevaux.

*Elle quitte la fenêtre, ramasse les bouquets tombés
et revient s'asseoir.*

Ah ! oui, mon Dieu, j'en ai récolté des bravos.
C'est la première fois qu'on vient, sous ma fenêtre,
Crier ainsi. — Ces cris m'ont remué tout l'être.
Ah ! Dieu, je suis brisée à ne plus me tenir
Debout ! — Monsieur Gallo, je pense, va venir.
Que dira-t-il s'il voit sa chanteuse inactive
Dans un fauteuil ? éteinte et pâle ! — Ah ! sensitive,
Si les vénitiens t'ont couverte de fleurs,
Etait-ce une raison pour verser tous ces pleurs
Et donner à leurs fleurs ce drôle d'arrosage,
Au lieu de l'eau du ciel, les pleurs de ton visage ?
— Si je reviens jamais, nous serons bons amis.
— Va donc te regarder dans la glace et frémis.

Avec un étonnement douloureux.

C'est moi qui parle ainsi, ma voix est comme un râle!

Elle se lève et va à la glace.

Oh Dieu! mon pauvre front, comme vous êtes pâle!
Mes yeux, mes pauvres yeux, que vous êtes défaits!
Dans cet état navrant, est-ce toi qui me mets
Mon art! Ah! ce n'est pas ta faute, c'est la mienne,
Je t'aime trop! je suis la grande comédienne,
La grande cantatrice, enfin, la Malibran!
Je suis la femme au cœur sensible au cœur vibrant;
L'art trop pesant sur moi m'écrase sous ses roues.

*Elle tombe accablée sur une chaise, y reste
un moment, se relève et continue à se regarder dans la glace.*

Vous auriez grand besoin de vermillon, mes joues!

On entend frapper.

On frappe, c'est Monsieur Gallo, je pense.

                                        Haut.

                              Entrez!

(à part)

Il faut vite quitter ces airs désespérés,
Nous savons la jouer, jouons la comédie!

*Elle se compose un visage souriant et se dirige,
ainsi transformée, au-devant de Giovanni Gallo
qui entre.*

SCÈNE II

GIOVANNI GALLO

Hélas, quand partez-vous, madame, en Lombardie ?
Ah ! madame, c'est moi, votre impresario.

LA MALIBRAN très affable, très empressée

C'est vous monsieur Gallo ! bonjour monsieur Gallo !
Prenez donc ce fauteuil, mettez-vous à votre aise,

Avec un sourire d'orgueil.

La Malibran a-t-elle été bonne ou mauvaise !
Et lui marchandait-on hier soir les bravos !
Venez-vous lui parler d'engagements nouveaux ?

GIOVANNI GALLO (s'asseyant, enthousiasmé.)

Ah ! vous avez été, madame, surhumaine !
On vous nomme diva, mais non vous êtes reine
Venise est une ville, allez, qui s'y connaît.
Madame, est-ce qu'un tel succès vous surprenait ?
Des impresarios vous êtes la fortune,
Mais je ne ferai pas de demande importune,
Le spectacle d'hier était sans lendemain ;
Puisque vous l'avez dit,

Il se lève, s'empare d'une des mains pendantes de la Malibran, et pose
dessus un respectueux baiser.

Je vous baise la main.

Je suis votre très humble esclave et me résigne.

LA MALIBRAN assise, souriant toujours.

Ainsi, la Malibran n'aurait qu'à faire un signe,
Et vous vous jetteriez à ses pieds !

GIOVANNI GALLO tombant à genoux.

M'y voilà !

LA MALIBRAN redevenue sérieuse.

Non, non, relevez-vous ; que font ces choses-là
Pour quelqu'un qui, demain, s'éloigne de Venise !

GIOVANNI GALLO se relevant.

Pardonnez-moi, je suis confus de ma sottise,
J'ai promis de ne pas être importun. Pardon.

Il se rassied.

Mais vous chantez avec un sublime abandon
Dans votre chant on lit votre âme tout entière ;
D'un génie aussi grand, madame, soyez fière.

Changeant de ton.

Je viens vous apporter, encore tout ému,
Ce qu'hier, tous les deux, nous avons convenu.

LA MALIBRAN distraite pensant à toute autre
chose qu'à son salaire.

Qu'avons-nous convenu, monsieur Gallo ?

GIOVANNI GALLO

Madame,

Je suis père et me dois, avant tout, à ma femme,
A mes enfants. Il faut les nourrir. Je devrais
Vous donner beaucoup plus. Sans eux je doublerais,
C'est encore trop peu, je triplerais la somme.

LA MALIBRAN

Merci monsieur Gallo, vous êtes un brave homme.
Mais vous me rappelez que je fais un métier ;
Aujourd'hui, j'avais grand besoin de l'oublier.

GIOVANNI GALLO dans un élan d'enthousiasme.

Madame, ce n'est plus un métier que vous faites,
Par votre voix si noble et si pure, vous êtes
Tellement au-dessus de nous, pauvres humains !
Je voudrais vous verser de l'or à pleines mains...

LA MALIBRAN doucement avec un sourire.

Votre or, monsieur Gallo, gardez-le, je suis riche.

Avec une pointe de raillerie.

Je n'ai pas remarqué sur votre grande affiche
Que le prix des billets fût si fort augmenté

Giovanni Gallo baisse la tête.

Hier, j'étais distraite et je n'ai vu porté
Qu'un seul nom, oui, le mien, en lettres gigantesques.

Changeant de ton.

— Avez-vous rencontré des femmes romanesques ?
En voici devant vous un bel échantillon. —
L'an dernier, je chantais un soir dans un salon,
Il était tout rempli de femmes élégantes.
Dans un groupe, prenant des poses provocantes,
On me montra Musset et je le savais grand,
Mais non pas qu'il avait ses airs de conquérant.
Les femmes l'entouraient. Sur tout ce joli monde
Il levait fièrement sa fine tête blonde.
Je venais de chanter et je me reposais;
Je n'avais remporté jusque-là qu'un succès
De salon, comme on dit, et pendant cinq minutes,
De ma place je vis de véritables luttes.
Les femmes s'arrachaient le beau poète blond
Dont la présence illustre, au milieu du salon,
Beaucoup plus que la mienne avait le don de plaire.
Je voyais tout cela sans haine et sans colère.
Sitôt que le bruit « chut » eût couru dans les rangs,
Comme me disposant à reprendre mes chants,
Je jetais un dernier regard de sympathie
Sur l'homme qui, pourtant, me gâtait la partie,
Sur mon rival, je vis qu'il se réfugiait
Dans un coin — oui, tout seul — et qu'on le poursuivait;
Puis je ne vis plus rien, mais j'eus la certitude
Que ce vainqueur cherchait ainsi la solitude
Pour me mieux écouter. Je ne me trompais point.
Parce que cet enfant qui venait dans un coin

Dérober sa personne illustre et tous ses charmes
Ne m'avait pas parlé, j'en ai versé des larmes,
Mais dans la suite on m'a bien souvent répété
Qu'on avait vu Musset pleurer, de son côté.
Faire pleurer Musset, quelle chose touchante !
Moi, je n'avais rien vu. Vous savez, quand on chante...
Connaissez-vous Musset ?

GIOVANNI GALLO

De réputation ?

LA MALIBRAN

Oui.

GIOVANNI GALLO

Que peut-on répondre à cette question ?
Je suis presque français, madame, par ma mère.
Vous vous moquez de moi. Connaissez-vous Homère ?
Si je connais Musset, me le demandez-vous ?
C'est le jeune poète amoureux, entre tous.
Madame, l'an dernier il était à Venise,
Avec une personne... Elle était moins éprise
Que lui ; pauvre jeune homme, elle l'a fait souffrir,
Il est tombé malade, il a failli mourir !
On est forcé, madame, à moins d'être une bête,
De connaître Musset, car c'est un grand poète,
Sa réputation, en ce moment n'est rien.
Il est si jeune encor ; parbleu, je disais bien
Que je dois le connaître, il a fait « le spectacle
Dans un fauteuil » ; c'était le membre d'un cénacle

Où figurait auprès d'un tas d'hommes d'esprit
Un homme de génie (1); un jour on découvrit
Que ce gamin sorti, la veille, du collége,
Qui disait en riant la phrase du Corrége, (2)
Avait autant d'esprit que tous ces gens d'esprit
Et que déjà le mot « Génie » était écrit
Sur ce front entouré de longues boucles blondes.
J'ai vu cette Revue aimable des Deux-Mondes
Qui publia Rolla. Ce fut un grand succès.
Tous ses vers, Dieu merci, je les lis en français.
Autrement qu'en sa langue un homme de génie
N'est pas lisible. En France, et même en Italie,
Et songez que Musset n'a rien que vingt-quatre ans,
On met son nom, madame, à côté des plus grands,
A côté de celui d'Hugo, de Lamartine.....

LA MALIBRAN se parlant à elle-même, rêveuse.

Il faut donc, Malibran, que ta voix soit divine,
Pour avoir fait pleurer cet homme !

GIOVANNI GALLO enthousiasmé.

En doutez-vous ?
Vos accents sont si purs, si tendres et si doux,
Si pleins d'émotion !... O grande cantatrice,
Vous dites que Musset est grand, ô séductrice,
Vous dites qu'il a l'air séducteur, conquérant,
Mais, madame, lequel des deux est le plus grand,

(1) (2) Voir notes à la fin de la pièce.

Vous, comme cantatrice, ou lui, comme poète ?
Dans l'art divin, quel est le plus bel interprête,
Et lequel de vous deux est le plus séducteur ?
Arriver à ceci qu'il ne bat plus qu'un cœur
Dans une salle immense et toute une soirée,
Parce que cette salle est prise, accaparée,
Conquise, par un chant divin et pénétrant
Et parce qu'on s'appelle enfin « La Malibran » !

LA MALIBRAN très émue

Moi, l'on m'a prise, aussi, comme une jeune fille,

Giovanni Gallo a tiré de son porte-feuille
une liasse de billets de banque qu'il
tend à la Malibran.

Et puisque vous avez des charges de famille,
Des enfants, — je les vois d'ici ces chérubins —

Elle repousse doucement les billets de banque.

Gardez-le, votre argent, monsieur, pour vos bambins.

On voit se refléter dans ses yeux le pressentiment
de sa fin prochaine. Elle ajoute d'une voix profondément triste.

Morte, souvenez-vous du passage à Venise
De la Malibran.

GIOVANNI GALLO

(qui n'a pas entendu les derniers mots, tout à la joie égoïste
de n'avoir rien à débourser.)

Quoi ! madame ! la surprise...
L'étonnement... me font douter... qu'ai-je entendu ?..
Vous renoncez, madame, à ce qui vous est dû ?...

LA MALIBRAN

Oh ! de grand cœur; ils m'ont profondément touchée;
Je vous l'ai dit, monsieur, et ne suis pas fâchée
De vous montrer combien l'argent est peu pour moi.
Ah ! ce n'est pas l'argent qui fait qu'on a la foi,
C'est l'admiration et c'est la sympathie !
Ah ! quelle joie on sent, comme je l'ai sentie.
C'est l'accueil qu'on reçoit, et ce n'est pas l'argent,
C'est l'accueil d'un public qui vibre et qui comprend,
Et c'est cela, monsieur, qui m'a tant remuée !
Au triomphe, il est vrai, je suis habituée,
Mais depuis que je chante au théâtre, je crois
Que c'est bien la première — oui, la première fois —
Qu'un tel enthousiasme éclate dans la salle;
Non, pas même à Paris, la grande capitale,
On ne m'a remuée aussi profondément.
Ah ! Venise, hier soir, m'a, bien sincèrement
Fait goûter — ô mon art, ô ma chère musique ! —
Les instants les plus doux de ma vie artistique.
Savez-vous ce qui vient encor de m'arriver ?
J'étais à regarder mes fleurs, j'ai cru rêver.....
Des jeunes gens criaient en bas sous ma fenêtre
« Vive la Malibran ! » vous les avez peut-être
Entendus, vous n'étiez pas loin; ils étaient trois.
Eh bien ! mon cher ami, c'est la première fois,
C'est la première fois qu'en dehors du théâtre,
On m'applaudit. C'est vrai, le public m'idolâtre,

Quand j'ai quitté la scène, il ne me connait plus,
L'ingrat !

Pendant toute cette tirade où la Malibran a mis son âme, Giovanni Gallo plein de respect s'est tenu à distance. Lorsque la grande artiste a fini, voyant que son directeur se tait aussi ému qu'elle, d'une voix douce, elle lui dit d'avancer.

(souriant)

Avancez-donc ! le nombre des élus
Est petit, songez-y !

(à part.)

Je crois qu'il meurt d'envie
De m'embrasser, je vais l'aider ; je suis ravie !

Engageante, avec un sourire.

Tout-à-l'heure, monsieur, vous me baisiez la main ;
Ne vous arrêtez pas en aussi bon chemin,
Il faut vous dévouer, puisque je me dévoue,

Elle tend la joue.

Je vous permets, monsieur, de me baiser la joue.

Giovanni Gallo se jette sur la Malibran et l'embrasse avec religion non-seulement sur la joue tendue mais sur l'autre ; avec un sourire.

Monsieur, j'avais mis joue au singulier.

GIOVANNI GALLO

C'est vrai ;
J'outrepasse mes droits, mais je réparerai.

Il l'embrasse de nouveau, mais sur une seule joue ; et cela fait un total de trois baisers.

LA MALIBRAN visiblement flattée.

La réparation est honnête.

GIOVANNI GALLO

Madame,

Pardon. Pardonnez-moi. Ce n'est pas à la femme
Que j'ai volé ces deux baisers, bien que, pourtant,
Elle soit jeune et belle. Est-ce compromettant,
D'ailleurs, d'en recevoir en cette circonstance,
Un de plus ou de moins ? quelle est la différence ?

Voyant un sourire sur les lèvres de sa victime.

Ce sourire charmant me dit : « je n'en vois pas ».
Si la galanterie est dûe à vos appas,
Laissez-moi retirer ce que j'ai dit, madame.
Les deux derniers baisers s'adressent à la femme,
Mais l'autre, pour lequel je me suis élancé,
Au grand cœur que je vois si désintéressé.

(à part.)

Serait-ce dévouement ou serait-ce sottise
De donner cet argent aux pauvres de Venise !

— LE RIDEAU TOMBE —

(1) Les hommes d'esprit étaient Alfred de Vigny, Prosper
Mérimée, Ste-Beuve, les deux Deschamps, etc..... L'homme de
génie était V. Hugo.
Est-il utile d'ajouter qu'au vers qui précède le mot « tas » peu
élégant, est voulu pour indiquer l'abîme qu'il y a entre l'esprit et
le génie.
(2) « Et moi aussi je suis peintre ! » avec une variante finale, le
mot « poète » remplaçant le mot « peintre ». Giovanni Gallo donnait
tous ces détails par les journaux qui, à cette époque, parlaient
beaucoup d'Alfred de Musset.

Librairie Léon VANIER, 19, quai St-Michel, Paris.
Envoi franco contre timbres-poste ou mandat.

THÉATRE

Alexis de Comberousse. — Théâtre complet, préface de J. Janin, 3 vol. in-8°...............	4	50
Brieux et Salandri. — Bernard Palissy, 1 acte en vers....................................	1	50
Brieux et Salandri. — Bureau des divorces, vaudeville en 1 acte.........................	1	»»
Salandri. — La Sauvegarde, comédie, 1 acte en prose....................................	»	50
Edouard Darcy. — Le Rendez-vous, 1 acte en vers.......................................	»	50
Max-Leclerc. — L'Honneur d'un nom, pochade à 2 personnages (hommes)....................	»	50
Ch. Joliet. — Le Mariage d'Alceste, 1 acte en vers....................................	»	50
Paul Célières. — La Veille des Noces, drame, 1 acte en vers............................	1	50
Louis Moland. — Les Méprises, comédies de la renaissance..............................	1	»»
Alfred Bouchard.— La Langue théâtrale, vocabulaire historique et anecdotique des termes et choses du théâtre, 1 volume................	1	»»
Ch. Nuitter. — Le Nouvel Opéra illustré.......	2	»»
Ed. Béquet.—Encyclopédie de l'art dramatique, 1 fort vol. in-18 cartonné...·..............	2	50
Dufresny. — Théâtre, avec portrait gravé.....	1	75
Samson (de la Comédie Française). — Mémoires, 1 volume avec portrait......................	1	50
O. Mirbeau et Coquelin. — Le Comédien, lettre et réponse, curieuse brochure..........	»	50
Ernest Reyer. — Notes de musique, volume de critique...................................	3	50
Ludovic Celler. — Études dramatiques. — Les types populaires au théâtre	3	50
— Les valets au théâtre........	3	50
— La galanterie au théâtre......	3	50

BIBLIOTHEQUE NATIONALE DE FRANCE

3 7531 02376747 9

www.ingramcontent.com/pod-product-compliance
Lightning Source LLC
Chambersburg PA
CBHW060909180626
46818CB00004B/1889